句集　Kokken

黒鍵

荒井千佐代

朔出版

句集　黒鍵　目次

Ⅰ　降誕祭　平成二十二年―平成二十三年　5
Ⅱ　被爆二世　平成二十四年―平成二十五年　37
Ⅲ　黙示録　平成二十六年―平成二十七年　67
Ⅳ　斜面都市　平成二十八年―平成二十九年　101
Ⅴ　対州馬　平成三十年―令和元年　135
Ⅵ　アレルヤ唱　令和二年―令和四年　165
あとがき　200

句集　黒鍵

Ⅰ　降誕祭

平成二十二年―平成二十三年

五十九句

平成二十二年

鎧戸の外は白波弥撒始

初日受く殉教・被爆の地に生まれ

引く鶴を野辺の送りのやうに見る

病む人へ足を汚して芹を摘む

島行きの太き舵輪や復活祭

波止に干す荒布かき寄せ棺下ろす

オルゴールの中は天鵞絨さくらがひ
蠅生まる医書と聖書のはざまにて

子の正論そびらに受けて薔薇の昼

箱庭にグランドピアノ収まりぬ

螢を握りすぎたり死なせけり

髪洗ふ身ぬちの水を傾けて

金魚買ふ仰向きの死を想ひつつ

海神と呼ばれ炎暑の石ひとつ

青葉木菟ねむれば一と日命減る

足の藻を足で外して夏終る

聖堂とふ方舟にゐて原爆忌

父ははの墓まで葛の花踏みて

原色の夢が尾を引く鵙日和

ひんやりと錫の小皿やくんち了ふ

ピエタ図の朱の剝落鳥渡る

波殺しに波立ち上がる緋のカンナ

鷹渡り了ふ寂々と港町

麦の芽や先に許せば許さるる

仮の世の仮の身大事厚着して
笹鳴きや寝墓と呼べど石ふたつ

炉話のおほかた殉教・被爆のこと

一艘のための栈橋冬満月

オルガニストのみに灯や降誕祭

身を折りて白足袋を履く遠忌かな

ロザリオを入れし骨壺山眠る

平成二十三年

海やまの闇を引き寄せ鏡餅

家族ゆゑかたまつて生くふきのたう

被爆せし川に魚飛ぶ養花天

礫像の釘も細れり油まじ

ふろしきに画布の角張る夕桜

花過ぎの川に夜を越す海の船

混沌とけふも終れり春満月

一と匙の蜂蜜重し麦の秋

卯の花くだし深閑と司祭館

祝婚歌弾く梅雨冷えの鍵盤《キー》をもて
書き込みの多き楽譜を曝したる

蟬の穴のぞく隣の穴を踏み

鰺漁へ柱の洞にマリア匿し

昼寝覚め方舟出でてしまひけり

水際を歩く心地や蕎麦の花

ミサオルガン閉づ秋蟬か雨音か
銀漢や人を憎まば老い早し

窯変の紺を深めて黍あらし

城跡は巨石だまりや木の実落つ

声かけて開くる子の部屋夕月夜

虫籠の中より暮れてゆきにけり

北窓を閉ざす我が身の閂も
福音書ほどの明るさ花柊

手をつながむと手袋を脱ぎにけり

聖堂の下は図書室冬休み

おるがんの疵は百年寒オリオン

石畳に初雪消ゆる葬かな

漆黒の闇は海なり除夜詣

II

被爆二世

平成二十四年—平成二十五年

五十六句

平成二十四年

春節の雑踏を抜け夕弥撒へ

雛流す雛の髪をととのへて

沈みつつ帯ほどけゆく雛かな

錆厚き舟釘を抜く桃の花

出漁の船に灯の入る桜かな

復活祭柴敷き替ふる魚籠の底

春昼の記憶に父の茶毘の煙

死に順を神の狂はす濃山吹

おたくさや鉄の蓋なる井戸ふたつ

シーボルト邸跡

海凪ぎて蜘蛛は咀嚼をはじめけり

殉教の灘を足下にラムネ飲む

黴の世の生ある限り生を詠む

いま西日渉り了へたる被爆川

梨を剝く水の地球を想ひつつ

千羽鶴の一羽を危め月更くる

木犀の香の濃く通夜の明けにけり

哭くための秋夜の海やばうばうと

湯の宿へ獣道ゆく秋ひでり

囮籠かけしままなる男逝く

神渡し野鯉のひれに紅差して

全て断つ修道院や蔦枯れて

目貼りせり心の罅も余すなく

仮の世を生きる海鼠もわたくしも

レコードに針を置く音冬銀河

平成二十五年

久女忌の髪の根痛きほどに結ひ

スタッカート効かせて弾きぬ春隣

職問へば馬喰と言ふ藪椿

子のために押す実印や蝶の昼

ぶらんこを降りむ翼をたたみけり

天門を開けてもらへず揚雲雀

隣り合ふ武家と蜑が家さはら東風

盛り塩のそばの沈丁よく匂ふ

サーカスの口から火噴く桜の夜

渦潮の巻きを強めて復活祭

葉桜や鳴らしつつ拭くピアノの鍵盤《キー》

吹き晴れて昼の鶏鳴くすり狩

半夏生けだものにある藻の匂

メロン切る聖痕の無き双手もて

爆心地公園　二句

噴水に被爆二世が手を浸す

刑務所の遺壁や夜蟬鳴きやまず

百日紅生きんが為に死を思ふ

未だ死者を諦めきれぬ踊かな

重陽の買うて帰りぬ柿右衛門

分骨を了へし夜の菊膾かな

弥撒了へて神父と話す星明かり

釘一本打たぬ聖堂雁渡し

かりがねや思ひ返せばすべて些事

一本の櫂のただよふ芒原

大根干すこころ大海原へ向け
途上国思はば食も暖房も

冬木道古りし法書をたづさへて

浮寝鳥見てゐる人を見てをりぬ

煮凝やとんがつて来し波の音

頬紅き志功のをんな雪霏々と

冬桜黙して愛を深めけり

枯木星岸をひた押す真夜の潮

III　黙示録

平成二十六年―平成二十七年

六十一句

平成二十六年

鮮やかにちちははのこと梅真白

写生論読む聖域の春の芝

父十三回忌

桜愛づ父の据ゑたる庭石に

白昼や海へ逃げ水追ひつめて

船波にわが影くづれ聖木曜

春愁の口を汚してパスタ食む

夕桜水の如くに一と日過ぎ

棕櫚咲ける基地の町なり子の任地

夕焼や九十九島も軍港も

爆心地の闇も老いけり螢川

聖ルルド額づく髪の海霧湿り

梅干して通読したる黙示録

水吸ひしごとくに減りて水中花

二楽章了ふ花氷すこし痩せ

炎天を来て夭折の葬を弾く

井戸水に潮の混じれる秋海棠

病む姉に一と日潮鳴る白露かな

頻浪や秋思の目もて佇めば

母に似し一と世授かり茨の実

飛魚北風や波止場に古りし塩倉庫

飛魚北風――長崎地方で九月から十月頃までに吹く風

ザンボアの熟るる海坂夜の弥撒へ

朽ち船が土となりゆく星月夜

てこずりし一頭撫でて牧閉ざす

島原　三句

柚子買うて先師を恋へり鉄砲町

北風や雑魚投げ捨つる帰漁船

黒ずめる灘の潮紋開戦日

磔像は膝すこし曲げ冬日和

鳩舎へと遅れて一羽クリスマス

息子とふ遥かなるもの冬銀河

人よりも墓多き村鰤起し

平成二十七年

垣繕ふちちより夫が受け継ぎて

離島便の強き一笛雛納む

村人は隠れの裔や石蕁搔く

海苔篊に舟の一艘ひと一人

無医村や水いきいきと山葵田へ

逢瀬なりユダの色なる山吹に

たましひの軌跡――句集『黒鍵』栞

井上弘美

祈りめく引鶴の数かぞふるは

早春の青空に、上昇気流を捉える鶴たちの北帰行。ナベヅルやマナヅルが長崎の南部を経由して、シベリアや中国へと去ってゆくのだろう。そんな鶴たちを数えつつ、作者は数えることが「祈り」の行為であることに気がつく。句集の最終章には〈これよりは大灘の風鶴引けり〉という句も収められている。美しい鶴の飛翔は、命そのものの飛翔を思わせて、旅の困難が想像されるだけに祈らずにはいられない。

礫像の釘も細れり油まじ

爆心地の闇も老いけり螢川

荒井千佐代さんは幼児洗礼を受けたことで、深い内省を己に課して生きて来た人だ。さらに、被爆地長崎に生まれ育ったことと向き合って来られた。句集の第一ページに〈初日受く殉教・被爆の地に生まれ〉の一句が掲げられていることからも、覚悟のほどが窺える。このことは、前句集『祝婚歌』でも大きなテーマとなっていたが、『黒鍵』においてはさらなる深みを増している。「礫像」を仰ぎ続けて来た作者の眼は、「釘」の「細り」を捉え、「爆心地」の「闇」もまた「螢」を放ちつつ「老い」をまぬがれないと思う。このように、対象を深く捉えることが出来るのは、作者自身が身に負っているものが歳月の深まりをもって重ねられているからだろう。

ところで、句集名『黒鍵』が示すように、作者は長年教会でオルガン奏者として活躍して来られた。〈炎天を来て夭折の葬を弾く〉〈祝婚歌弾く梅雨冷えの鍵盤《キー》をもて〉と、葬儀、婚儀にオルガンを奏でることで、人々の悲しみに、喜びに心を寄り添わせて来たのである。そんな作者だからこそ、次のような一句も格別の輝きをもつ。

おるがんの疵は百年寒オリオン

百年の歴史を持つ「おるがん」とあれば、激動の昭和を潜り抜けたということになる。作者は、この「疵」に命の証を見ているのだろう。そんな「疵」ある「おるがん」を、「寒オリオン」が透徹した輝きで称賛する。地上の時間を超える星を配したことで、「おるがん」の存在が崇高なものに思える。

オルゴールの中は天鵞絨さくらがひ
レコードに針を置く音冬銀河
亡骸を四たび据ゑたる夏座敷

雛流す雛の髪をととのへて
死ぬる力日々たくはへむ蜆汁

集中、特に心に残った作品である。「天鵞絨」の中の「さくらがひ」の美しさもさることながら、それが「オルゴール」の音に包まれている点が作者らしい。また、「レコードに針を置く」小さな「音」を捉えて、そこから広がる音の世界、「冬銀河」への飛躍は、永遠なるものの希求を思わせる。一方で、母、父、姉、兄と肉親と別れ続けた作者だからこそ、流す雛の髪を心を籠めて整えるのである。それは、「死ぬる力」を「たくはへむ」という甘えの無い意志の表明となる。それが日常の心構えであることを、「蜆汁」という季語がよく語っている。

身の裡に断崖のあり雪しんしん
永遠でなきゆゑ励むヒヤシンス

千佐代さんは身に負ったものを引き受け、目を逸らすことなく、むしろその重圧に耐えることで己を律してきたのだろう。それは降りしきる雪の「断崖」として見えている。『黒鍵』には、「永遠でなきゆゑ励む」作者の魂の軌跡が綴られている。

椿落つ神は死のみを平等に

死ぬる力日々たくはへむ蜆汁

纜を女がほどく春夕焼

夏立つやコップにもある水平線

ぎつしりと緋の薔薇生けて呼吸器科

千日を姉の病み伏す百日紅

烏賊漁の昼を寝ねゐる浦曲かな

身の裡の潮引きゆく夏満月

子を二人この家で生せし茄子の花

学習塾を営む　二句

パーゴラに十の目の射る蟬の殻

夕凪や図形解ければ猫抱かせ

引き寄する纜太し盆の月

畦行くや来るな来るなと曼珠沙華

ひところ潮目の交じる野分晴

溜飲の下りし蛇より穴に入る

こんりんざい人を通さぬ真葛原

秋深し猫と干物を分け合うて

臥す人に萩刈る音も障るなり

長姉逝く　三句

蘭の香や次第にひらく死者の口

死者生者へだて屛風の傾ぎ松

散り急ぐ枯葉や茶毘に付する間も
身の裡に断崖のあり雪しんしん

海底の藻の揺れ想ひ海鼠噛む

北風や記念樹にある昏き洞

凍て兆す被爆マリアの眼窩にも

Ⅳ 斜面都市

平成二十八年―平成二十九年

六十二句

平成二十八年

「沈黙」の碑より灘見る女正月

寒月光己の老いゆく音かすか

春ショール暗くて狭き懺悔室

爆死者の流れし川に牡丹雪

恋猫に被爆地の闇濃くありぬ

潮差して運河うねりぬ涅槃雪

種袋振ればば近づく波の音

鰆買うて帰るルルドに一礼し

諦めし後の水雲に酢を利かせ

舫はれしままの棄て舟鳥雲に

海底に日の斑の揺らぐ端午かな

炎天や象形文字の鳥けもの

ひでりぼし食虫植物液垂らし
古文書も我が身の業も曝しけり

主に罪を負はせて真夜の髪洗ふ

長兄逝く　二句

亡骸を四たび据ゑたる夏座敷

蜩のこゑの途切れず焼場まで

鍵盤のひとつ沈みて原爆忌

姉死後の庭に真白き曼珠沙華

琴立てしままの歳月いわし雲

朝夕は灘風の来る秋すだれ

夜は夜の炎を上げて鶏頭花

花野ゆく涯の柱状節理まで

調律の終りは和音天の川

小雪や弥撒の譜面に指を切り

月夜間の男が棕櫚を剝ぎにけり

憂国忌煙出しより火の粉飛び

暮れぎはの海の凪ぎたる雪ばんば

万両の実愚直を晒すことばかり

毛糸玉もははも日暮れてゐたりけり

海鳥が岩に満載クリスマス

平成二十九年

鳥総松調律のいま低音部

罪深き日の寒紅を拭き取りぬ

己が魂おのが支へて牡丹雪

あたたかし礫像の主は十頭身

櫓も櫂も乾き切つたりつばくらめ

浅春の水脈ちぎれ飛ぶ離島便

海神と水神隣る浦の春

入り雑じる寝墓塔墓きんぽうげ

ゆつくりと死者を忘るるシクラメン

牛乳の膜ごと飲みぬ麦の秋

潮風の松に吹きをる祭かな

河鹿笛思うてをれば聞こえけり

被爆地の夕立はすぐに乾きけり

涼しかりけりフォルティッシモで弾き了へて
めまとひや六十路終りの眉の辺を

アンタレス百寿の通夜の奏了へて
安堵する人の死もあり風の萩

一村を川の貫く秋暑かな

かまつかや抱けど背負へど泣くばかり

原罪も現世の罪も螢草

秋涼や眉描くときは息止めて

敬老の日にはとり腹の底から鳴く

松手入れ舟よりり庭師加はりぬ

恐ろしきほどの潮位や蔓たぐり

俳句の師岳石神父逝く　四句

遺品の被爆壺

岳石逝く原爆壺に冬陽かな

哀悼の冬灯コレジョのどの窓も
大根の三畝を遺し神父さま

遺句集『やぶ椿』

手向けたる出《し》津《つ》集落の冬椿

川舟に飯炊く煙クリスマス

長崎は

冬あたたか斜面都市の灯船の灯も

梟の啼くのみの死や己が死は

Ⅴ 対州馬

平成三十年—令和元年

五十六句

平成三十年

噓つくは人間のみや梅真白

厨まで満中陰の春の日矢

忌日のみ逢へる人ありミモザ

懺悔坐の凹みて固し百千鳥

ＭＲＩへ冴返る長廊下

波立ちつ川に潮差す茅花かな

洗濯物たためばぬくし竹の秋

かの赤はミロか満寿夫か南風

黒猫が尾を立て過ぐるパリー祭

風死せりオランダ坂の天辺も

対州馬に道をゆづれり油照り

金魚どち歪みし我を見てをらむ

汗の量たしかに減りし馬齢かな

夜の秋の見えざる船の汽笛聞く

十六夜の本降りとなる赤絵皿

曲りつつ濁る葉月の銅座川

豊年や船笛長く尾を引きて

痛さうに石榴の割れし落暉かな

末つ子のわれが墓守る櫨もみぢ

喪の家の門灯ともる万年青の実

垂直に火箸突き刺し狩の宿

海鼠捕り戻る仏頂面をして

牡蠣打女坐して膝ぬれ胸乳ぬれ

篁は怒濤のごとし冬岬

平成三十一年・令和元年

天国は荊の門や初寝覚

三面鏡一枚に雪降りゐたり

間伐の木口くれなゐ寒波急

礫像のあばら真冬の藍の日矢

山焼きの熱の残れる殉教碑

如月の葬へ分厚き伴奏譜

地虫出づ己が身幅の穴残し

裏口の舟より人や雛まつり

綿菓子にくつついて来る春の風

はや帰雁吾に授かりし枷いくつ

どの坂も海より生まれ花朱欒

昼顔へ木の枝よりの魚籠しづく

軍艦島　五句

荒はえや桟橋は船寄せつけず

軍艦島瓦礫・廃屋・蟻地獄

雨脚がシナ海を来る日かみなり

がらんどうの島へ夏潮鳴るばかり

夏さぶの軍艦島に墓は無し

窯出しの壺に影為す秋の蝶

しばらくは鳴いてをりけり鵙の贄

銀漢の支流のひとつ被爆川

豊後竹田

武家屋敷過ぐや真昼の酔芙蓉

豊後大野　普光寺

磨崖仏遠しひかがみまで穂草

佐世保黒島　三句

黒島や聖尼の鳴らす鐘澄めり

防風林に隠れてオラショ雁渡し

赤秀樹の気根すさまじ隠れの地

磔像の三本の釘冬に入る

フランシスコ教皇来崎

パパ様の皺に冬日のやはらかし

望みたる言葉かへらず竜の玉

鴨の陣なにも為さざる陣なりし

紛れもなく隠れの血すぢ梟啼く

乳房のみあたたかかりし雪女

棄て船のいよよ竜骨見せて雪

Ⅵ　アレルヤ唱

令和二年―令和四年

六十六句

令和二年

仏像の荒き鑿あと寒戻り

恋猫や籠町馬町紺屋町

名画座のありし空地やクロッカス

波音の聞こえぬ夜半や種選

祈りめく引鶴の数かぞふるは

入り船に運河波立つ桜かな

桟橋にとぐろ巻く綱昭和の日

濁流を思ひつつ蕗を剝きにけり

村中の鶏が鳴き継ぐ花みかん

仲裁に神父の入る水喧嘩

簾上ぐ五島列島見ゆるまで
溽暑かなボトルの中の帆船も

雨の日の噴水雨も噴き上げて

聖母の背つねに真つすぐ花ユッカ

創世記よりの愛憎青林檎

烏賊干すや隠れてしまふ父祖の島

負ひ紐の擦れし胸の辺水の秋

びつしりと舳綱に藻草良夜なり

曼珠沙華もたれ合ふこと一切なし

雁渡し磯の小石のもみ合うて

折れさうな白鷺の脚秋の風

小鳥来る腹朽ち減りし魚鼓打てば

教会で恋せしことも檀の実

猟期来る四方の峰々黒ずみて

古着屋に川の匂や十二月

ミルクティー鳩の浮沈に釘付けに

ピアノの蓋閉ぢて切干水に漬く

降誕祭闇に轍のかたくあり

大年の鶏が国道渡りをり

除夜の潮さかのぼりをる被爆川

令和三年

灘へ入る大き夕日や土竜打

木の洞に籠る潮鳴り針供養

揚船に赤子を寝かせ磯菜摘む

一湾に津あり浦あり鳥の恋

爆死者の墓の幾万鶴引けり

八重桜わが骨片の数思ふ

一途なる女は脆し濃山吹

ルピナスや日々の飽食罪に似て

万緑や死者のためなるアレルヤ唱

昇天祭湾の真中に砂洲生れて

輪廻せし我かと海月見てをりぬ

対岸の暮れ残りたる太宰の忌

篠寝椅子夕闇すでに踝に
青鷺の三歩交はして日暮れたり

雨脚の見えてをるなり秋簾

あゐのはな手足冷たく歩みをり

引いてゆく潮に秋蝶引かれゆく

蘆の花より釣舟を引き出せる

わが影を踏みつつ帰る暮の秋
いつしか金婚右舷の上のペガサスよ

半畳のわが墓地鷹の渡りけり

聖苑の冬樹の瘤は使徒の顔

藻畳を割つて貌出すかいつぶり

マタイ受難曲終章マフラー編み上ぐる

マフラーをぐるぐる巻きに待ちをりぬ

令和四年

凍蝶が発てりマリアの素足より

寒波来て通奏低音よく響く

鈴の鳴る茶房のドアや日脚伸ぶ

春徳寺

春疾風寺にバテレン殉教碑

白魚をすする脳裏に拷問図

礫の主の腰布や春の雪

白鍵に黒鍵の影凍返る

燭台の長き影曳く花の昼

これよりは大灘の風鶴引けり

被爆地はあびきの日々や柳絮飛ぶ

永遠でなきゆゑ励むヒヤシンス

句集　黒鍵　畢

あとがき

『黒鍵』は『跳ね橋』『系図』『祝婚歌』に続く私の第四句集です。平成二十二年から令和四年春までの三六〇句を収めました。

顧みると、この間に長姉、長兄の死がありました。母親代りだった姉の死は格別で、何時迄も悲しみの中におりました。

そのような時に、『聖水』で芥川賞を受けた作家の講話を聴く機会を得ました。『爆心』という受賞作もあるその方は「長崎で生まれ育った私の小説のテーマは、殉教と被爆である」と述べられました。ジャンルや形式の違いはあるにしろ、被爆二世であり代々キリスト者の私は同類の句を詠み続けております。故にその言葉に初めて肯定されたようで、その後は彼方に点った幽かな灯を目指して進んでおります。同時に森羅万象を凝視するという大本を更に深めてゆかねばと自らに言い聞かせつつ。

句集名の「黒鍵」は、

白 鍵 に 黒 鍵 の 影 凍 返 る

によります。潮曇りで寒の戻りの某日、私は〝俳誌に出す句がない。この聖堂で、このオルガンで詠もう〟と心に誓ってオルガンの蓋を開けました。磨硝子の窓からは薄日が差し込んでいました。譜面台に伴奏譜を立て、鍵盤に指を置いた瞬間、白鍵に黒鍵の影がくっきりと。長年同じ行為を繰り返していたのに、初めて目に留め、心を打たれ、〝俳句は授かりもの〟という言葉を改めて思いました。拙い一句を大切に書き留め、その後暗く重い受難の曲を復習ったのですが、心は幸福感に満ちていました。

この句集名に賛同してくださったのは「空」主宰の柴田佐知子氏です。同じ九州在住で、常々細やかなご指導を戴いております。

句集上梓に際しましては、能村研三主宰に再選の労を執っていただきました。また、ご繁忙の中、井上弘美氏に栞文を頂戴いたしました。朔出版の鈴木忍様には一方ならずお世話になりました。記して皆様に御礼を申し上げます。

令和五年　春の足音を聞きながら

荒井千佐代

著者略歴

荒井千佐代（あらい　ちさよ）

昭和24年　長崎市に生まれる
平成 3 年　「沖」入会
平成 9 年　「沖」新人賞受賞、同人となる
平成10年　第一句集『跳ね橋』上梓
　　　　　「沖」俳句コンクール一席
平成11年　句集『跳ね橋』により長崎県文学新人賞受賞
平成12年　「系図」50句にて第三回朝日俳句新人賞受賞
平成13年　第二回市川手児奈文学賞受賞
平成14年　第二句集『系図』上梓
平成15年　「沖」珊瑚賞受賞　「空」入会、同人となる
平成21年　「沖」賞受賞
平成22年　第三句集『祝婚歌』上梓
　　　　　句集『祝婚歌』により第25回長崎県文学賞受賞

「沖」同人（長崎支部長）、「空」同人
公益社団法人俳人協会幹事
日本現代詩歌文学館振興会評議員
長崎県文芸俳句部門選者
長崎新聞「きょうの一句」選者
長崎新聞カルチャーセンター講師

現住所　〒852-8065　長崎県長崎市横尾3-28-16

句集　黒鍵　こっけん

2023年6月1日　初版発行

著　者　　荒井千佐代

発行者　　鈴木　忍

発行所　　株式会社 朔《さく》出版
〒173-0021　東京都板橋区弥生町49-12-501
電話　03-5926-4386　　振替　00140-0-673315
https://saku-pub.com　E-mail　info@saku-pub.com

装　丁　　奥村靫正／TSTJ
装　画　　石井茄帆／TSTJ
印刷製本　中央精版印刷株式会社

ISBN978-4-908978-89-0　C0092　¥2500E